나는
모자를
벗었다,
썼다 한다

나는 모자를 벗었다, 썼다 한다

펴낸날   초판 1쇄 2020년 6월 15일

지은이   최장순
펴낸이   서용순
펴낸곳   이지출판

출판등록   1997년 9월 10일 제300-2005-156호
주소   03131 서울시 종로구 율곡로6길 36 월드오피스텔 903호
대표전화   02-743-7661   **팩스** 02-743-7621
이메일   easy7661@naver.com
디자인   박성현
인쇄   (주)꽃피는청춘

ⓒ 2020 최장순

값 13,500원

ISBN 979-11-5555-136-3 03810

이 도서의 국립중앙도서관 출판시도서목록(CIP)은 e-CIP홈페이지
(http://www.nl.go.kr/ecip)와 국가자료 공동목록시스템
(http://www.nl.go.kr/kolisnet)에서 이용하실 수 있습니다.(CIP제어번호: CIP2020022333)

최장순 디카에세이

나는
모자를
벗었다,
썼다 한다

이지출판

디카에세이집을 내면서

피아노 건반 위에 길게 누운 고양이가 유독 내 눈길을 사로잡았다.

녀석은 '봉제 인형'이라는 별명을 가진 '랙돌'이다. 천연덕스럽게 누운 놈을 보는 순간, 영화 '보헤미안 랩소디'가 떠올랐다. 랙돌은 프레디 머큐리가 죽을 때까지 키우던 10마리 고양이 중 한 종류인 것을 알게 되었다. 불현듯 사진에 글을 입혀 보고 싶은 충동이 일었다.

"내 꼬리에서 귀까지, don't stop me now를 외치던 당신의 음역인가요"로 시작하는 글 〈오, 프레디〉는 그렇게 만들어졌다.

때마침 두 곳의 잡지(계간 현대수필, 월간 좋은수필)에서 디카에세이를 연재해 보라는 제의를 받았다. 나는 선뜻 응했고, 디카에세이에 불을 지폈다. 이로부터 이미지에 굶주린 거리의 사냥꾼처럼 일상에서 보이는 자연물이나 사물에 보다 세심한 주목을 하게 되었다. 그것은 사전에 계획된 것이 아니라 찰나의 움직임과 직감으로 대상을 포착하는 것으로 시작되는 것이었다. 별것 아닌 것 같은 일상의 사물들도 휴대폰 안에 담는 순간 하나의 사건이 되었다.

의미를 함축해야 하는 짧은 에세이라서 시적인 긴장과 울림이 필요했다. 어쩌면 시와 수필의 경계가 모호해지기도 하지만 이 둘은 매우 가까운 장르다. 요즘은 그 경계마저 허물어지고 있다. 시인은 시만 써야 하고 수필가는 수필만 써야 하는 시대가 아니다. 보다 진화된 글쓰기를 위해서는 일정한 장르로 묶을 것이 아니라 '작가'라는 이름의 확장성을 견지해야 한다.

사진과 접목한 글이 차츰 하나의 장르처럼 활용되고 있는 요즘이다. 문학의 확장성과 변화의 의미가 커 보인다. 다양성과 속도를 본질로 하는 디지털 시대에 걸맞은 문학활동의 한 영역으로 자리매김되고 있다. 에세이 영역에서도 이러한 현상은 두드러진다.

그러나 '포토에세이'와 '디카에세이'는 그 뉘앙스가 다르다. 포토에세이는 전용 카메라나 사진작가들이 찍은 좋은 사진에 글을 입혀 가공된 작품을 만들어 낸다. 사진도 훌륭하고 글도 거기에 알맞게 잘 짜여진다.

하지만 디카에세이는 손안의 카메라, 즉 스마트폰으로 스쳐 지나갈 것을 스냅으로 담아 즉흥적인 생각을 접목한다. 가공하지 않은 이미지 그대로, 작고 소담하고 아무 멋도 부리지 않은 날것을 담아낸다는 점에서 포토에세이와 차별화된다. 즉각적이고 순간적인 포착, 날렵하고, 발랄하고, 경쾌한 느낌이랄까. 그야말로 아마추어가 찍은 어설프지만, 그것이 오히려 정겹고 진솔한 글의 힘이 된다.

디카에세이는 대상과 나와의 쌍방통행이다. 내 생각을 피사체에 입힐 수도 있고, 피사체의 입을 통해서 내가 듣기도 한다. 하나의 장면 혹은 자연스럽고 우연한 것에서 의미를 읽어 내는 매력이 있다. 셔터를 누르는 단 한 번의 순간이 영원히 잊을 수 없는 이야기로 남는 일은 기쁘다.

대중성, 친밀성, 확장성이 디카에세이가 갖는 장점이다. 예컨대 맛있는 식사를 하면서도 먹기 전에 그것을 찍고 누군가에게 문자를 보내듯, 여행 중에 인상 깊은 장면을 찍어 소회를 담아 전하는 일도 이와 다르지 않다. 디카에세이는 단순히 사진을 찍는 기술의 문제가 아니라 포착한 대상을 해석해 내는 문학적 감수성만 있으면 누구나 작가가 될 수 있다.

디지털카메라와 글이 합쳐져 만들어 내는 또 하나의 세계를 많은 사람들과 함께 공유했으면 한다. "하나의 생生에, 그리고 하나의 장면에 모든 것이 있고, 결국 이 모든 것은 작은 것들의 별자리로 귀결된다"고 말한 휴머니즘 사진작가 윌리 로니스willy ronis의 말은 새로운 출발의 시금석이다.

2020년 여름

최장순

제4부　**용도폐기란 없다**(ㅇ)

제1부 **너의 입장에서 생각해 본다는 것**

경청

입이 앞선 사람들은 불안을 키운다.

지도자를 뽑을 땐,
입명창에 현혹되지 말고 귀명창인지 살펴야 한다.
없는 소리를 만들어 내는 이명耳鳴이나
난청難聽 장애가 있는지도.

귀가 두 개인 것도 좌우 균형을 잡아 경청하라는 뜻이다.

구석과 모퉁이

숨은 공간이 있다면 밝게 열려 있는 공간도 있다.
어떤 대상이든 한쪽 면만으로 다 알 수 없다.
양면을 다 알아야 진면목이 보인다.
안과 밖을 모두 알아야 비로소 오해와 편견은 멀어지고
이해와 배려는 가까워지는 것이다.

어느덧 저쪽도 헤아릴 줄 아는 나이.
허물을 이해하고 어려움을 배려하는 포용 속에서
숨은 구석이 저쪽 모퉁이를 돌아나간다.

그릇의 철학

크거나 작거나, 네모지거나 둥글거나,

단순하거나 세련되거나, 얇거나 투박하거나.

인간의 군상을 닮은 그릇들. 다 제만큼의 크기로 품는다.

도자기로 분류되거나 사기로 남는 것들.

질그릇이 되기도 하고 일회용으로 소모되는 것도 있다.
어떤 쓰임이 되고 싶은가. 의미 없이 태어나는 존재는 없다.
각기 다름을 인정하면서 서로 소통하고 어우러져야만 한다.

기
다
림

언약은 한 송이로 피워 두고
바람과 파도를 벗 삼아 기다리겠어요.

시간은 흘러도 말씀은 귓전을 흐르고…,

언젠가는 올 거야, 위로하는 바다.

나는 망부석입니다.

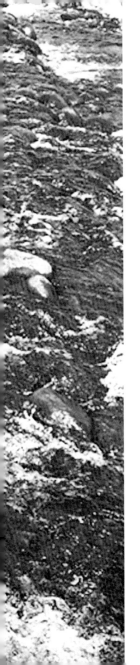

길

길길이 날뛰던 길들.
불쑥불쑥 튀어나와 눈을 어지럽히던 길들.
미안하다고, 오늘은 곧장 밟고 가라고 넙죽 엎드린 길.

돌아가기도 하고 오르막 내리막도 있었다.
한참을 돌아가면 제자리.
그래도 길이 있어 행복했다.

하나이기도 하고 두 개이기도 한 이 길.
우리 함께 가자.

끈

아들아, 너와 나는 연줄처럼 연결되어 있단다.
멀리 가고 싶을 때도 있고
공중에서 빙빙 돌 때도 있을 것이다만, 잊지 말아라.
아비가 너의 끈이라는 걸.
언제든 끈을 잡고 오너라.
나는 항상 그 자리에 있을 테니.

나는 모자를 벗었다, 썼다 한다

몸의 가장 높은 곳에 얹힌다.
신분, 품위, 패션의 이름으로.
그 모양 그대로 벗어 모신다.
뒤집힌 때는 드물다.
뒤집힌다는 건 인생이 뒤집히는 것,
도로변 구걸이 그렇다.

영원히 지속해 쓸 수 있는 것은 없다.
알게 모르게 자신만의 것을 쓰고 벗기를 반복한다.

사람이 만들지만,
신분을 만들고 품위를 만들고 패션을 만드는 것들.

나를 딛고 가라

밟으라,
밟으라,
돌에 부딪힌 시냇물의 유혹.
팔다리 물 밑에 세우고 등 구부린 헌신 앞에
"짓밟아야 한다!"
그것이 내가 사는 길이라고, 가혹한 걸음들.

디딤돌이 모여 길 하나를 만들었다.
세상의 걸림돌이었을 거라는 생각은 티끌만큼도 없다.

저들처럼 등을 순순히 내어 줄 용기가 내게는 있는가.

발 젖지 않고 성큼성큼 성공의 길을 건넌다.
단 한 번이라도 제 몸을 사지에 밀어넣고
"나를 딛고 가라!"
호기롭게 소리칠 수 있는가.

나를 흔들리게 하는 것들

같이 흔들려도 무방하리.
저 물살처럼, 흔들리다 어느새 잦아드는 저 물결처럼.

비 그친 오후에도 강물은 저 홀로 술렁인다.
마치 금을 그어 놓은 듯,
잔잔한 이곳을 파고드는 저쪽의 흙탕물.
제아무리 평정을 유지해도 별수 없을 거라는 심술 같다.
그러나 이쪽 물살이 슬며시 저쪽에 제 몸을 내어 주는 것은,
가만 흔들리다가 다시 제자리로 돌아가겠다는 것.

나는 그런 항상성恒常性을 믿기로 한다.

나
잇
값

부고를 받았다.

고인을 추억하며 둘러앉은 자리.
"주무시면서 가셨다는군. 호상이지 뭐."

90여 세를 조용히 마감한 이름이 건너다본다.
누군가를 기억하는 것은 나누어 준 그늘을 기억하는 것이다.
촘촘한 연륜에 새긴 비와 천둥의 값, 바람과 햇살의 값.

저 치열한 생의 지문은 단단한 나잇값이다.
맑은 산소를 내어 준 값,
뜨거운 지구를 식혀 준 값,
새들의 보금자리를 제공해 준 값.

나이는 거저먹는 게 아니다.
값을 치르지 않고 존재할 수 있는 것이 세상에 있기나 할까.

너머

너머는 아련함이다.
애틋함이다.
사실에 근거하지만, 감정에 따라 조금씩 달라진다.

쪽창을 통해 바라본 세상은 유년의 전부였다.
거기에 입힌 동경은 매일 날개를 달고 멀리까지 날아갔다.

투명한 눈이란, 보이는 그대로 믿는 것이 아니라
정의로운 시각을 덧붙이는 것.
선한 쪽으로 시선을 보태는 것.
너머가 그리운 것은 그 너머를 동경하는 투명한 꿈 때문이다.

너의 입장에서 생각해 본다는 것

와작, 발밑에 들러붙는 불길한 소리.
아뿔싸! 주저앉은 집 한 채가 바닥에 눌러붙어 있다.
황급히 촉수를 집어넣은 몇 채의 집이
불안하게 나를 주시한다.

내겐 사소한 일이 누군가에게는 청천벽력이다.
건너 풀숲으로 옮겨 줄까 생각하다 이내 마음을 접는다.

그들만의 보법에 끼어든 나의 간섭은 무시무시한 공포일 것.
그것은 내가 우월하다는 생각에서 나온 선심,
그들의 의도를 헤아리지 않은 독선적인 베풀기다.

네모와
동그라미

네모 속에서 보내고 다시 네모로 돌아간다 우리는.
그러나 네모는 생명의 원초적 이미지인 동그라미와
함께일 때 마무리된다.

생명의 시작과 끝에는 원형의 반복적 순환이 따른다.
둥근 공간에서 창조된 삶을 다하면 못질한 네모의 목관에서
네모진 화덕을 거쳐 원형의 무덤이나 항아리에 안치된다.
그것은 종말이 아니라 네모와 원형이 함께 만든
또 다른 세계로의 귀향이다.

네모진
태양들

태양이 네모 속으로 들어온다.

칸칸으로 모인 햇살로 겨울을 견딜 수 있겠다.

일흔두 개의 태양을 쬔다.

따뜻한 네모 속에서 아주 조금씩 나는 늙어 가리라.

노랑은

키가 작은 색이다.
앙증맞은 색이다.
나이가 든 노랑은 촌스러움,
그러나 아직 젖니를 가진
노랑은 꿈이다.
오물거리는 노랑, 옹알이하는 노랑.

요즘 아이들은 쑥쑥 자란다.
그러나 아주 조금씩만 자라는,
작아서 어여쁜 노랑.

하늘이 노랗다,
싹수가 노랗다는 말과는 비교하지도 말라.

눈빛

돌아보면
눈물이 날 것 같다.

오래도록 자리를 떠나지 않은
시선이 달라붙은 뒤가 뜨겁다.

말을 앞서는 눈빛.

그는 나를 뒤로 읽고
나는 그를 오래도록 곱씹는다.

느닷없이, 불쑥,

갑자기 온다.
문득 찾아온 행운.
오래도록 묻혀 있던 행운.
책이 쓸어 담았던 행운.
행간으로 행복이 넘친다.

그렇다면 행운과 행복은
한끗 차이가 아닌가.

매캐한 냄새를 품고 찾아온 행운에
붉은 밑줄을 긋는 순간,
중요 표시를 덧입은 행복이
배시시 웃는다.

제2부 **무리가 무리를 지어**

단추

어디로 떨어져 나갔을까.
황급히 도망치며 잘라낸 도마뱀 꼬리처럼
실마리만 붙어 있는 허전한 자리.
사건의 단서는 묵비권을 행사하고 있다.

"엄마, 단추 떨어졌어요."
며칠째 헐겁던 실밥이 풀리며 교복 단추가 떨어졌다.
실과 바늘을 챙긴 어머니,
급한 대로 등굣길의 나를 세워 놓고 서둘러 단추를 달았다.
혹여 바늘이 목에 상처를 낼까 고개를 젖혔지만,
어머니는 능숙하게 매듭을 짓고 입으로 실을 끊었다.

어디로든 뛰쳐나가고만 싶었던 사춘기처럼,
단추는 내 몸을 빌려 제 가고 싶었던 곳으로 떠나고 싶었을까.

마냥 그 자리에 있을 것 같았던 나의 단추들.
그들이 남긴 실마리는 애틋해서 허전한 자리를
그리움이듯 매만지곤 한다.

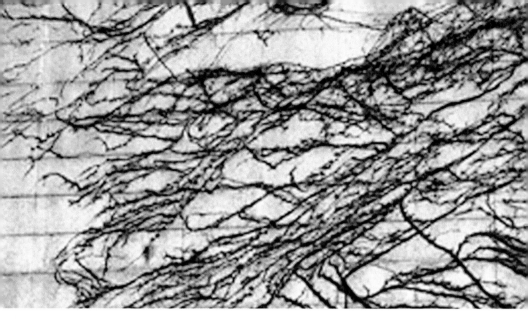

담쟁이 벽화

저 원류는 뿌리다.

대대손손 뻗어 나간 줄기는 뿌리가 있기에 가능하다.
그러나 그 뿌리는 어디에 숨었는지 쉽게 드러나지 않는다.
자신을 거름으로 받쳐 준 기본.
나 혼자 컸다고 어깨에 힘을 주었지만 나를 만든 건 9할이 뿌리다.

그동안 뿌리를 잊고 살았다.
담에 노박이로 벋어 나간 안간힘이 나를 세운 줄만 알았다.
틈새를 짚는 손에 피가 맺힐 때 가슴 뜨거워진 뿌리는
내 든든한 배경이 되어 주었다.

그늘을 입힌 것도 결국 뿌리의 힘이다.

둥지

동네가 술렁거렸다.

솔깃한 소문에 얇은 귀들이 떼로 몰려다니고,
분양가와 매매가가 들썩이고 덩달아 엉덩이도 들썩거릴 때,
그가 넌지시 전해 준 한 마디.

"새들은 두 개의 둥지를 탐내지 않아요."

두 채 세 채를 탐하며 평수를 늘리는 건 사람뿐이다.

디지로그

"이리 오너라."
호기롭게 불러도 소용없습니다.

똑똑.
두드려도 열리지 않습니다.

셀프입니다.
암호를 기억하세요.

문은 스스로 열고 들어가는 겁니다.

"......"

맨발이다.
걸음을 벗고 피로를 벗어도 되는 저녁은,

종일 맞지 않는 길을 신고 다녔다.
느슨하게 긴장을 풀어도 되는 시간,
안락한 소파에 깊숙이 등을 묻어도 되는 시간이다.

귀소하는 저 말줄임표도 맨발,
저들에게 굳이 불편한 신발을 신기고 싶지 않다.

종일 먹이를 구한 발들에게 무엇을 더 바랄 수 있을까.

"……"
말을 하지 않아도 알 수 있는 눈빛만 있으면 그만이다.

무리가 무리를 지어

하나둘 모여들면 군중이 된다.

군중은 힘이 된다.

어느새 물밀지는 무리.

무리가 무리를 이루면 혁명이 된다.

우리는 그 힘으로 다시 앞으로 달린다.

무슨 색일까

너는 파랑, 또 너는 빨강.
색깔을 주입했다.

주어진 색을 안고
동심은 낡아 갔을 것.
어찌 한 가지 색으로만
너를 판단하려고 했을까.
빨강이었다가 파랑이었다가 초록 혹은
노랑이 될 수도 있다는 걸
왜 인정하지 않았을까.

다양한 색깔은 너를 말하는 것들.
어느 색이든 어떤 색을 선택하든
자유다.

너를 펼쳐 봐.

묵은 것들

퀴퀴한 곰팡내가 그리울 때가 있다.

쌓여 있는 시간을 뒤적거리다가

훅 끼쳐 오는 그리움에

어느새 먼 구절에서 헤매곤 한다.

너와 나는 그때 어느 행간에서

머물렀을까.

하루가 다르게 변해도 추억은

여전히 먼지를 입은 채 쌓여 있다.

밀당하기

끌어당김과 밀어 보냄을 반복하는 강약 조절은 일정한 리듬을 타야만
한다. 마치 온몸이 끌려갔다가 끌려오는 운동회의 줄다리기처럼.
톱을 잡아 보고서야 알게 되었다.

복측피개영역

리듬을 탄다는 것은 요령 있게 톱질을 해야만 한다는 것.
적당히 잡아당겼다가 놓아주는 것, 내 것을 알맞게 취하고
내주어야 하는 기술이다.

복측피개영역

밟
힌
다

'눈에 밟힌다'는 말에 오래도록 마음을 밟혔다.
그의 뒷모습은 유난히 길어서
그리움과 회한이 물러나질 않았다.

"꼬리 아홉 달린 여우가 있다더라."

옛날이야기 속 꼬리는 간교함이었다.
내 꼬리뼈를 더듬으며 꼬리가 없다는 게 얼마나 다행인지 휴우,
안심을 내쉬었던 기억이 있다. 그러나 연줄에 매달린 연 꼬리는
멀리 날아가고픈 꿈이기도 했다.

꼬리 무는 차들과 끝없이 꼬리를 물고 덧붙여지는 소문들.
매연과 짜증이 꼬리를 물고 이어진다.
꼬리에 유감이라도 있는지 말꼬리를 자르고,
생후 며칠 된 강아지의 꼬리를 뭉툭, 토끼의 그것으로 만든다.

조작과 음모를 속닥거리는 표정을 뒷모습으로 읽는다.
어둔 창가 쪽의 음습한 기운이 꼬리로 흐른다.
속닥속닥 들릴 듯 말 듯. 그러나 언제까지 비밀이 가능할까.
입은 언제든 누설할 준비가 되어 있는데.

조심해.
길면 밟힌다!!

봄
·
고양이

살금살금 다가오는 봄.
경계이듯 호기심이듯 눈망울을 굴리다가
언제 가는지 모르게 계절의 모퉁이를 돌아가는 봄.

봄은 고양이 같다.

가닥이 잡힐 듯 말 듯한 감정의 숨결은 미묘하다.

팝콘 같은 꽃망울을 탁탁 터뜨려 놓다가도
저만치 멀어진 동장군을 불러세워
때아닌 눈을 선보이기도 하는 변덕.

겨울 같은 봄과 여름 같은 봄의 사이에서 생각한다.
이 팜므파탈의 봄, 치명적인 봄은 어린 고양이 눈빛으로,
갸르릉거리는 소리로 나를 유혹한다고.

불가不可
혹은
가可

"침묵에는 이유가 없다. 단지 떠오르는 단어가 없을 뿐이다."
어느 책에서는 그렇게 표현했다.
그러나 침묵에도 이유는 있다.
마스크 위의 X는,
말하고 싶지 않다거나 말하고 싶어도 할 수가 없다거나
방해하지 말라는 뜻.

"안돼!"
이 말을 익숙하게 듣고 자랐다.
언제쯤 "해도 돼"가 될까.
금기禁忌는 사방에 존재하고 하지 말아야 할 것 투성이였다.
사춘기는 더더욱 그랬다.
그러나 하지 말라면 더 하고 싶은 본능에
몰래 어른 흉내를 낸 경험은 얼마나 많은가.
아이들에게 긍정을 보여 주고 긍정으로 대하자고 생각했지만,
나 역시 그 틀을 벗어나지 못하고 X를 보여 줬다.
레드카드처럼, 경고를 넘은 그 이상의 경고.
그래도 선을 넘은 이들에게 경고는 필요해 보인다.
불가不可 혹은 가可,
저 X가 어느 날 O가 되어 '가능합니다'로 비칠 때가 있을까.

블루

가뿐한 파랑이다.
어두워서 무겁지도 않고
너무 파래서 도도하지도 않은 하늘색.

파랑은 저 먼 지중해의 바다색처럼 신비하다.
가슴이 울렁거리면서 당장 배낭을 꾸려 떠나고 싶게 한다.

폭염과 장마에 지친 몸과 마음에 가뿐한 파랑이 깃든 휴가.
갈매기는 허공에 줄을 긋고
고속보트는 푸른 수면에 하얀 밑줄을 긋는다.
항구를 찾은 화물선들은 유유히 블루를 가로지른다.

무염無染한 시원始原의 색이다.

빙
하
기

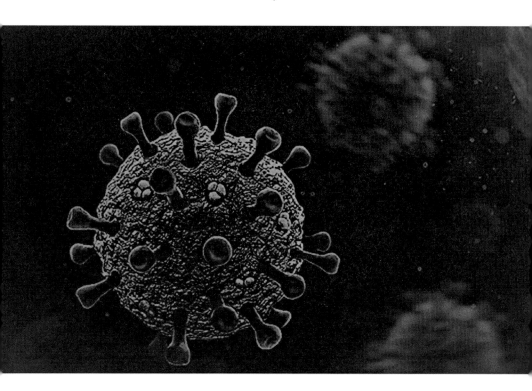

• 빙하기 서강대 명예교수, 현 미국 칼빈신학교 강영안 교수의 철학과 신학 강의록
〈루터는 전염병을 어떻게 보았는가〉에서 인용.

'뭉치면 죽고 헤어지면 산다,'
잠시의 역설이다.

얼마나 가까운 사이였던가. 얼마나 넓게 얽혀 지냈던가.
세계는 또 얼마나 가깝게 연결되었던가.

눈과 눈을 거리 둔 봄.

1번 31번 41번…, 이름이 사라지고 번호 인간이 등장했다.
마스크는 안심일까.
고립일까.
공포일까.

마음은 거리두기가 필요 없다고,
해빙의 힘은 사랑이라고 읊조린 계절.

허들링! 허들링! 허들링!
소리 없는 함성.

사랑의 힘이 얼마나 크고 깊고 넓은지 보여 주는 거야!
다시 '우리'가 될 때까지.

제3부 새콤달콤한 관계들

사라진 배꼽

우하하하….
웃다가 내 배꼽이 온전한지 손을 가져간다.
호탕하게 웃는다는 것,
눈물이 날 정도로 웃음을 뺀다는 것.
언제 그렇게 웃어본 적 있을까.

웃음은, 눈물만큼이나 긴 정화다.

사랑

강제로 열지 마라.

누군가에게 기꺼이 구속되는 것은
그의 의지에 맡기는 것.

열 손가락 깍지 낀 안간힘이
스스로 풀리기를 기다리는 것.

누구도 풀 수 없는 건고한 힘은 없다.
스스로 열고 나온
그 문으로 마음이 먼저 들어선다.

산이 된 남자, 바다가 된 여자

나라는 남자, 너라는 여자.
이리 구분 지어도 될까.
태생을 묻자면, 나는 산이고 너는 바다.
아니 나는 바다고 너는 산이었을까.
돌덩이라 불러도 괜찮았을 우리가 어느 손에서 사람으로 태어났을까.
그냥 단순히 돌이라고 해도 괜찮아.
모든 건 마음이 하는 것, 마음이 그렇다면, 그리 불러도 되지.

어느 순간부터 성별이 생기고 이름이 생기고 성격이 생긴 우리.
같은 사람이라고 말해도 될까.
사람이라는 두루뭉술한 말 속엔 우리만 존재하지.
너는 너, 나는 나.
애초부터 달랐을지 몰라.
그걸 애써 사람이라 묶어 놓고 규정을 짓는 '우리'라는 말.

다르다, 틀리다, 둘은 분명 다른 말.
참, 다행이다.
다르기 때문에 아름다운 너, 그리고 나.

새콤달콤한
관계들

온갖 맛을 가지고 있다.

어느 날은 순한 맛이더니
어느 날은 짠맛이 되고 매운맛으로
변하기도 하지만,
늘 같은 맛을 유지할 수는 없다.
덜 익어 시큼털털한 사람.
과육보다 씨만 잔뜩 들어 있는 사람.
외형과 색깔은 그럴듯한데 내용이 없는 사람.

잘 익은 사람은 가까이하고 싶다.
매력 있고 향기로운 사람이다.
특정한 한 가지의 맛이 아니라
새콤달콤한 맛을 내는 사람이다.
이런 사람에게선 먹을 것이
많은 과육처럼 취할 게 많다.

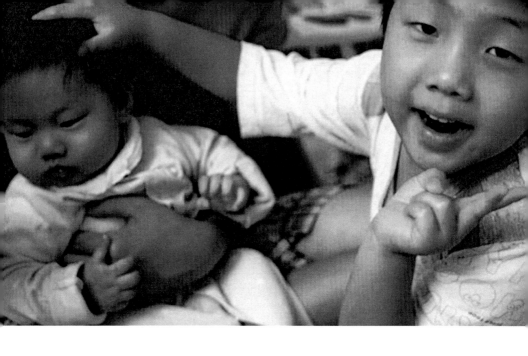

손

마음이다.
가슴이 가는 곳에 따라간다.
"괜찮아?"
묻지 않아도 상대의 몸에 스칠 때 마음은 충분히 전달된다.

함께 해야 빛나는 것.
박수가 그렇고 포옹이 그렇다.

• 사건의 지평선 그 내부에서 일어난 사건이 그 외부에 영향을 줄 수 없는 경계면을 뜻한다.

순식간

문득 눈 마주쳤던 순간,
탈출 불가능한 블랙홀처럼 모든 것이 빨려들었다.
그것은 빛의 감옥, 돌아올 수 없는 '사건의 지평선'에
불화살이 박힌 것이었다.

시간과 속도를 빨아들이는 고속,
쉼표 없이 몰려드는 빠름의 숭배자.
시작과 끝, 출발과 도착, 만남과 이별을 지켜보면서
하루와 반나절마저 삼켜 버린다.

발치로 성큼 들어선 문이 열리고
시간 저편으로 사라질 작별의 순간에도
"고마워, 사랑해" 그 한마디 미처 하지 못한 채,
속도의 공포 속으로 빨려든다.
방심은 금물, 정신줄 놓지 않으려고 두 눈 부릅뜬
쾌속의 생生.

불쑥 밀물져 들어오는 소리 하나, 블랙홀이
시선 깊숙이 순식간 파고든다.

신발

어느 초원을 누비던 우공牛公인가.
제 살과 장기를 모두 내주고
무두질한 수많은 길을 이끌고 내게 찾아온 것들.
그들을 코뚜레에 꿰어 야전으로,
도시의 아스팔트로 끌고 다녔다.
우렁우렁 깊은 눈.
슬픔도 잠시 말뚝에 매어 두고
주인이 가고 싶은 곳으로 이끌려 간 것들.
반항은 금물, 복종만이 그들의 살길이었다.
주인에게, 아니 주인의 또 다른 상전에게
수없이 고개를 조아려야 했다.

쌓아
놓다

스산함을 바스락거리는 낙엽 더미는 자연이 스스로 쌓은 것,
바람에 날아갈 것들이다. 소비가 미덕이 아니라,
어디론가 사라져야 미덕인 것들.
혹은 쌓여 있어도 누군가를 위한 밑거름일 테다.

쌓아 놓은 것들은 다 쓸 곳이 있다.
저 컵들은 소비의 미덕을 신봉하는 것들.
하나하나 비워질 때마다 누군가의 일당을 채워 줄 것이다.
쌓인 재고는 한숨이다.

비워 내지 못한 마음이 무겁다.
무엇을 담기에도 좁은 그곳을 덜어 내야만 다른 것을 보탤 테지만,
쌓아 둔 미련과 욕심이 넘친다. 미움을 쌓아 두고, 편견을 쌓아 두면서
누군가의 눈총이 쌓여 간 것을 느끼면서도 아직 사랑을 채우지 못했다.

'쌓이다.' '쌓아 놓다.' 저절로 스스로 이룬 것들은 자유롭다.
인위人爲가 닿으면 그 테두리에 갇힌다.
스스로 비워 내지 못한 나를 누가 비워 줄까.
아직도 근심의 테두리 안에서 서성거리는 계절이 두툼한 불안을 여민다.

쌓여 있는 한 권들

계절이 한 권씩 쌓여 있다.
갈피갈피 읽기까지,
걸음은 얼마나 더 부스럭거려야 할까.

매서운 바람이 읽는 책.
숨은 눈들이 쫑긋거리며 읽는 책.
겨울잠은 오랜 정독이다.

정적으로 읽는 겨울은 양서 그득한 서고다.

제4부 용도폐기란 없다

아
가
위

초목의 군자가 아니다.

큰 키도, 풍요로운 그늘도 내려주지 않는다.

잡목들 틈에서 조용히 익는 키 작은 은자隱者.

바닥이 보일 때쯤 나는 숨은 사랑을 저처럼 몰래,

야무지게 익힐 것이다.

엄지
척

엄지 엄지척 엄지 엄지척!

노랫말처럼 자상하고 다정다감한 당신.
보면 볼수록 알면 알수록 매력이 넘치는 당신.
엄지 엄지척 엄지 엄지척!

오늘 당신은 정말 엄지척!
잘했어요, 당신.

여섯 줄

화음과 멜로디를 동시에 낼 수 있을까.
안에서는 언쟁을 높여도 밖에서는 언제든 뭉친 여섯 남매.

어디로든 뛰쳐나가고 싶은 사춘기를 잡아 앉히고,
거친 호흡도 가라앉혔다.
나만의 골방에서 스스로 문을 열고 나올 수 있었던 것도
여섯 줄의 힘이었다.

염치

속이 훤히 보일 때가 있다.

애써 감추려고 해도 드러나는 심사.

내 속도 그리 보일 때가 있었을 것,

그래도 아닌 척 표정을 바꾸었던 때가 있다.

최소한의 염치는 있어서, 부끄러운 줄은 알아서.

다 드러낼 수도, 꽁꽁 감출 수도 없을 땐

그냥 순리에 맡기는 것도 좋겠다.

어차피 너랑 나랑 다 보여 준 일상의 숲.

오
감
만
족

둥둥 심장이 울린다.
무라카미 하루키를 따라가면 저 멀리 북소리가 만져지고,
나는 그 소리를 느끼고 맛보며 다시 가슴이 둥… 둥…
혼자만 즐길 수 없다.
입력하고, 첨가하고, 삭제하고, 복사하고,
이동시켜 저장한다.
눈으로 마음으로 누리는 백지 위의 여행.

한 잔의 커피 내음을 너에게 보내 줄까,
내 기분을 고스란히 너에게 주고 싶다.

소리에서 말이 태어난다.
그 말들을 너는 이해할까.
각기 다른 리듬과 느낌과 의미를 가진 소리들.

오감을 일깨워 상상으로 지은 창조물, 말.
더 이상 들리지 않는 묵음의 세계를 따라가며
톡,
너에게 전송한다.

오, 프레디

・ 프레디 머큐리 영국 그룹밴드 Queen의 리드 싱어.

내 꼬리에서 귀까지,

"don't stop me now"를 외치던 당신의 음역인가요.

"친구야, 우리는 챔피언이야."

시무룩한 나를 일으켜 세운 당신의 연주와 노래.

그때 나는 온밤을 태웠죠.

그러나 지금,

나는 당신의 음역만큼 누워 재충전을 누려요.

어제는 건반에 익숙지 않은 어린 손이 머쓱하게 가버리고,

내내 당신을 떠올렸죠.

모두 잠든 지난밤은, 창밖으로 별이 살며시 걸리고

그 별 중 하나를 나는 '어린 별'이라 이름 지었어요.

언젠가는 혜성으로 빛날.

오, 프레디!

내일은 고 작은 아이에게 말해 줄래요.

"잘 하고 있어.

너는 이미 나의 챔피언인걸!"

용도폐기란 없다

"이젠 나가라네."

그가 고개를 떨군다.
수십 년 몸 바친 직장을
하루아침에 그만둬야 하는 심정이 어떨까.
입술이 가늘게 떨린다.

길이 있을 거야, 다독인 등은
저만치 멀어지는데 가슴이 뜨거워진다.

하루아침 퇴출당한 옹기 굴뚝.
제 본분을 잊고 거실에 떡하니 자리 잡았다.
근사한 소품이다.

"친구여, 걱정하지 말게.
기억해 주는 누군가가 있다는 걸 명심해."

우덕송 牛德頌

설렁탕 한 그릇을 받는다.
봄날의 쟁기질과 여름날의 되새김질과
가을걷이의 걸음과
여물 먹던 겨울이 고스란히 들어 있는,

일생을 바친 뼈마디들과 살이 나를 받쳐 준다.
내가 잔머리를 굴려 어떻게 하면 이득을 챙길까 궁리할 동안,
소는 온전히 어린 날과 어른이 된 날을 기억하며
제 머리를 내어주는 것이다.

세 치 혀가 흥을 즐기고 있을 때,
한 시절을 핥던 제 혀를 내게 주었다.
두 귀가 솔깃함에 팔랑거릴 때,
온갖 소문을 담은 두 귀를 준다.
제 가죽마저 든든한 신발로 벗어 주고
한 움큼 지식을 보태 줄 책가방을 내 손에 들려 주었다.

우리다

같은 이야기를 종종 우려먹는다는 건 식상한 일.

구시렁구시렁 꺼내 놓는 넋두리는 익숙해서

그 맛이 그 맛이지만,

한철을 말려 우려내는 시간은 향기롭다.

묵언 수행한 사리를 만난 것 같은,

그래서 더욱 소중한 시간.

우산

당신은 챙 넓은 우산이었다.
그 안에서 나는 한 방울의 비도 맞지 않았다.

그러나 너무 가까워서,
미덥다는 이유로 당신을 잠깐씩 잊기도 했다.

그동안 얼마나 많이 갈구하고 얼마나 쉽게 버린 사랑인가.
낯선 곳에서 당황하거나 슬퍼했을 나의 인연들.
건망증으로, 혹은 잠깐의 실수였다는 이름으로
나는 나를 쉽게 용서했다.

위대한 힘

직선 끝에 붙어 있는 이파리 한 장.
30그램의 힘과 5그램의 여유만 있어도 든든하다.

오목한 잎은 먹는 일의 충직한 시종侍從이다.
살아 있음을 증명하는 도구다.

먹고 일하고 잠드는 평범한 일상이 얼마나 귀한 일이던가.
철이 든다는 것은 밥통을 채우는 즐거움과
그것을 채울 수 없는 슬픔을 지켜보는 것.

작은 잎이 작은 입들을 먹여 살린다.

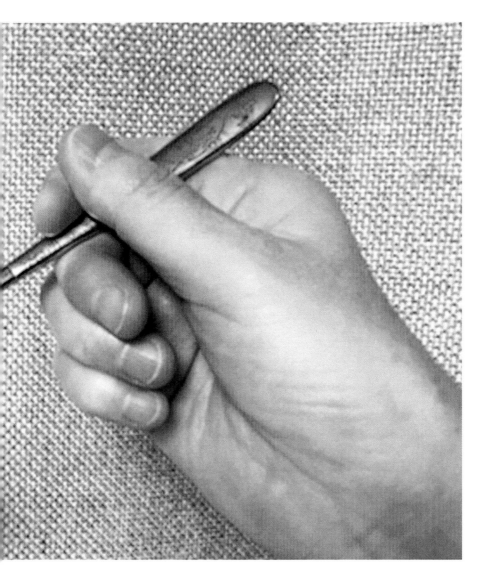

제5부 천 개의 기둥, 천 개의 그늘

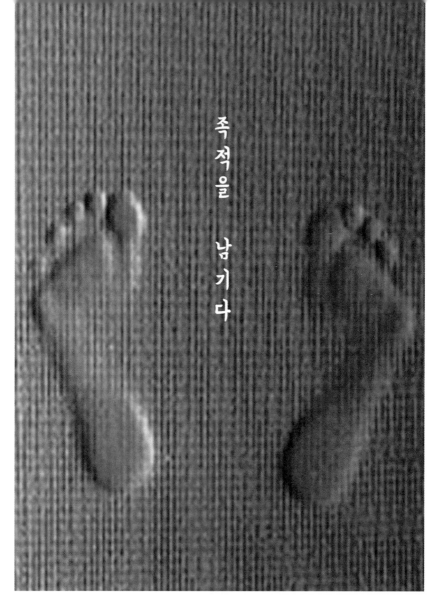

족적을 남기다

그대의 손을 따라가는 것이 아니다.
발자취를 따라가는 것이다.
재주가 아니라 우직한 걸음만이 살길, 발품만이 살길이기에.

그대를 더듬는 길은,
하늘을 섬긴 머리가 아니라 땅을 섬긴 발의 기록.
족상은, 타고난 걸어간 길만큼 만들어지는 후천의 상이다.

죽어 얻은 이름

북어에게서 어느 먼 시대를 살다간 이들을 떠올린다.
그들의 이름은 다 기억하지 못해도 훗날에야 기억되는 길이다.

죽은 뒤에야 진가를 알아본 이들에게서 불리는 명예.
그들은 한 마리 북어처럼 살다 갔다.
말 대신 행동으로 앞장선 선구자다.

두들겨 패야 제맛이라는 속된 농담은 북어를 폄훼한 말.
할 말 삭히고 인내하고 단단히 굳어 간 그 속에
우리가 모르는 지혜와 사상이 들어 있다.

중국집에 가면 그 짜장이 있을까

중국집 '중국'.
오전 11시부터 오후 7시까지 영업을 하지만,
재료가 떨어지면 그 시간이 영업 종료시간이다.

맛으로 승부하겠다는 이 집의 메뉴는 단출하다.
깐풍기, 탕수육, 볶음밥, 짜장면 같은 친숙한 메뉴.

특별한 요리를 시키지 않아도
보통의 짜장면을 즐길 수 있는 곳,
우리의 삶은 특별할 것도,
과시할 필요도 없는 '보통'으로 통일되는 그런 것이 아닌가.

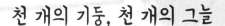

천 개의 기둥, 천 개의 그늘

날고 싶었을까.
일곱 빛깔로 핀 가벼운 뼈들.

제 살 다 내어주고 거죽만 남은 것들도 꿈은 있다.
마지막 안간힘으로 피어 하늘을 날아가고 싶은 것.
내 아비와 어미도 그랬다.

저 가느다란 뼈대가 넉넉한 기둥일 때가 있었다.
범부凡夫의 강직한 기둥을 잡고 나는 뼈대를 키웠다.
둥근 지붕은 넉넉한 그늘이었다.
범모凡母의 펼친 사랑이 따뜻해서
나도 받은 사랑을 고루 나눠 주리라 다짐했다.

천 개의 기둥과 천 개의 그늘이 모여 어우러지는 무지갯빛.
어떤 색깔로 필 것인지는 우리들의 몫이다.

특별할 것 없는 보통의 기둥과 그늘들
날아라, 가볍게.

초록을 말하다

빨·주·노·초·파·남·보
무지개 일곱 빛깔 중 가운데 자리를 차지하는 초록.

중간은 어물쩍한 색깔이 아니라 중용이다.
지나침과 모자람 사이의 중용은 산술적 중간이 아니다.
평형의 상태. 혹은 형평이다.

봄의 연두에서 시작한 나무가 계절의 중간인
초록의 여름을 거쳐 붉은 가을을 맞이하듯.
초록은 위와 아래, 좌와 우를 아우를 수 있는 색이다.
빨강이나 파랑, 보이지 않는 편을 가르거나
이념의 굴레를 씌우지 않는 믿음 가는 빛깔이다.

춤

참지 말고 울어라.
슬픔도 실컷 쏟고 나면 가슴이 뚫린다.

호탕한 웃음은 모든 걸 비워 낸 정화.
서러움이 울컥 올라와도
흥을 모아 분출하는 동작이다.
표정과 몸과 마음이 하나 된 춤이다.

별거 없어,
이렇게 한바탕 웃고 가는 거지.

키스 · 3

로댕 – 매혹

클림트 – 황홀

브랑쿠시 – 빈틈없는 애정

외설이 끼어들 틈이 없다.

떨림 속에 폭발할 것 같은 에너지를 느낀다.

매혹, 황홀, 빈틈없는 애정,

두 몸이 하나로 호흡하는 전주곡이자 사랑의 디딤돌.

애정의 어느 능선에서 우리는 서로를 갈망하는가.

테이크아웃

정착은 유목을 그리워하며 따분해하고,
유목은 자유를 만끽하면서도
언제 묶일지 몰라 불안하다.

그렇다면 인류사는 이주移住의 역사가 아닌가.

안의 것과 밖의 것을 접목한 방식.
사람들은 그것을 여유라고도 부른다.

품

손짓해 부르지 않아도 모여든다.

누군가를 들인다는 건 권력과는 다른 것이 있기 때문이다.
물질이 아니라 서로가 느끼는 그 무엇 때문이다.

얼마나 품을 키웠느냐에 따라 존재의 넓이가 달라지는 그늘.
그러나 그늘은 소유를 주장하지 않는다.
제 영역을 따지며 경계를 긋지 않고
성별이나 귀천을 따지지도 않는다.
누구든 머물다 가면 그것으로 만족한다.

내 품의 크기는 얼마나 될까.
몇이나 품을 수 있을까.
어머니의 품처럼 아늑하고 따뜻한가.
누군가가 숨기고 싶을 때, 울고 싶을 때,
편 가르고 싸우는 아수라에 지쳐 있을 때,
양손 크게 벌려 껴안아 줄 품인가.

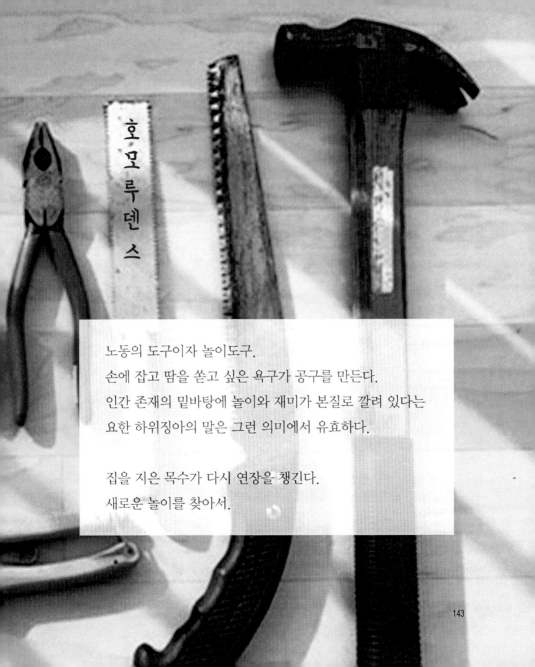

호
모
루
덴
스

노동의 도구이자 놀이도구.
손에 잡고 땀을 쏟고 싶은 욕구가 공구를 만든다.
인간 존재의 밑바탕에 놀이와 재미가 본질로 깔려 있다는
요한 하위징아의 말은 그런 의미에서 유효하다.

집을 지은 목수가 다시 연장을 챙긴다.
새로운 놀이를 찾아서.

희생제의

도마가 노트라면 칼은 펜이다.

탕탕탕, 기록한 문장들.

요리는 한 권의 지침서다.

창작의 바탕에 무엇을 기록할 것인지는 작가의 마음에 달렸다.

형상은 사라졌어도 본질은 '먹는다'는 행위에 동화된 이야기가 있다.

장르마다 먹음직스럽거나, 맛있거나,

영양가가 높거나, 개성이 뚜렷한 책들.

그러나 갖가지 레시피 속 내력에 언제 한번 귀 기울인 적이 있었던가.

선뜻 자신을 내어놓은 음식 재료들을 우리는 동의 없이 요리한다.

타자의 희생이 전제될 때,

음식을 만들거나 먹는 행위는 희생제의犧牲祭儀다.

5월

꿈은 가볍다.
마음껏 날아오른다.
무게는 아마도 0그램이 아닐까.
어른이 되어 마음대로 꿈을 갖지 못하는 것은,
욕망이 너무 크기 때문이다.
제 욕심에 더한 욕심에 날아가지 못하기 때문이다.

날아라, 꿈아!
푸르게.
마음껏.

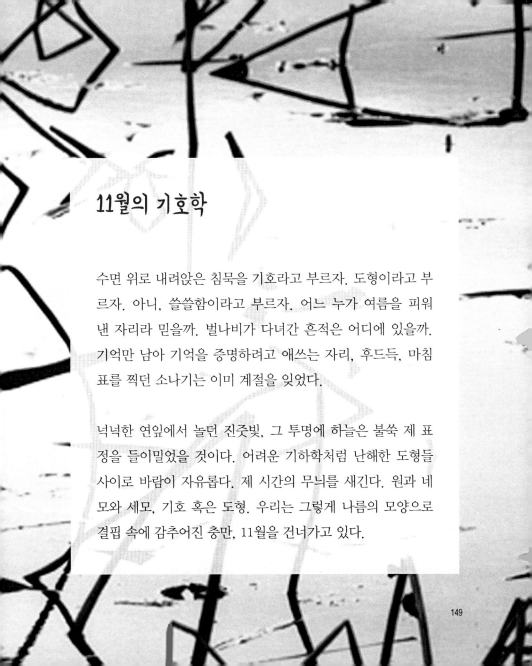

11월의 기호학

수면 위로 내려앉은 침묵을 기호라고 부르자. 도형이라고 부르자. 아니, 쓸쓸함이라고 부르자. 어느 누가 여름을 피워낸 자리라 믿을까. 벌나비가 다녀간 흔적은 어디에 있을까. 기억만 남아 기억을 증명하려고 애쓰는 자리, 후드득, 마침표를 찍던 소나기는 이미 계절을 잊었다.

넉넉한 연잎에서 놀던 진줏빛, 그 투명에 하늘은 불쑥 제 표정을 들이밀었을 것이다. 어려운 기하학처럼 난해한 도형들 사이로 바람이 자유롭다. 제 시간의 무늬를 새긴다. 원과 네모와 세모, 기호 혹은 도형. 우리는 그렇게 나름의 모양으로 결핍 속에 감추어진 충만, 11월을 건너가고 있다.

December

"여기까지 왔네."

'감사'로 시작해 '고요' '하얀 겨울' '종소리' '눈' '깊은 밤'…
'평화'로 이어진 열두 곡.
조지 윈스턴의 곡은 지금 마지막 트랙에 있다.

산이 제 쓸쓸한 얼굴을 내려다보는 저물녘,
물억새가 하얀 손을 흔든다. 한 줌 햇살이 강을 간질이고 있다.

정해진 순서와 속도에 따라 열두 곡은 반복해 흐르지만
흘러간 물은 다시 돌아오지 않는다.
지친 내 그림자를 가만 물 위에 내려놓을 때
타이르듯 들리는 고요한 음성.

"흘러가 버리는 것을 애써 붙잡으려 하지 마라."

후기

시를 습작하던 시절이었다.
어느 날 '폴 발레리'가 한 말이 나를 멈칫하게 했다.

"시는 무용이요 산문은 도보다."

시는 춤을 추는 것이고, 산문은 걷는 것이라는 말에 생각이 깊어졌다. 제대로 걷지도 못하면서 춤을 추겠다? 뭔가 순서가 잘못되었다고 생각했다.
그날 이후, 나는 시를 뒤로 미루어 둔 채 수필에 집중하게 되었다. 몇 권의 수필집도 냈다.

"수필을 약탕관에 넣고 졸이면 시가 되고, 가마솥에 넣고 끓이면 대하소설이 된다."

스승님의 가르침이다. 장르에 연연하지 말아야겠다고 생각했다.
그럼에도 시에 대한 애정은 늘 머릿속에 남아 있다. '디카에세이'는 시에 대한 나의 연민인지도 모른다.